HÉSIODE ÉDITIONS

BALZAC

La Femme abandonnée

Hésiode éditions

© Hésiode éditions.

1 rue Honoré - 93500 Pantin.
ISBN 978-2-38512-120-4
Dépôt légal : Novembre 2022

Impression Books on Demand GmbH

In de Tarpen 42
22848 Norderstedt, Allemagne

La Femme abandonnée

En 1822, au commencement du printemps, les médecins de Paris envoyèrent en basse Normandie un jeune homme qui relevait alors d'une maladie inflammatoire causée par quelque excès d'étude, ou de vie peut-être. Sa convalescence exigeait un repos complet, une nourriture douce, un air froid et l'absence totale de sensations extrêmes. Les grasses campagnes du Bessin et l'existence pâle de la province parurent donc propices à son rétablissement.

Il vint à Bayeux, jolie ville située à deux lieues de la mer, chez une de ses cousines, qui l'accueillit avec cette cordialité particulière aux gens habitués à vivre dans la retraite, et pour lesquels l'arrivée d'un parent ou d'un ami devient un bonheur.

À quelques usages près, toutes les petites villes se ressemblent. Or, après plusieurs soirées passées chez sa cousine madame de Sainte-Sevère, ou chez les personnes qui composaient sa compagnie, ce jeune Parisien, nommé monsieur le baron Gaston de Nueil, eut bientôt connu les gens que cette société exclusive regardaient comme étant toute la ville. Gaston de Nueil vit en eux le personnel immuable que les observateurs retrouvent dans les nombreuses capitales de ces anciens États qui formaient la France d'autrefois.

C'était d'abord la famille dont la noblesse, inconnue à cinquante lieues plus loin, passe, dans le département, pour incontestable et de la plus haute antiquité. Cette espèce de famille royale au petit pied effleure par ses alliances, sans que personne s'en doute, les Créqui, les Montmorenci, touche aux Lusignan, et s'accroche aux Soubise. Le chef de cette race illustre est toujours un chasseur déterminé. Homme sans manières, il accable tout le monde de sa supériorité nominale ; tolère le sous-préfet, comme il souffre l'impôt ; n'admet aucune des puissances nouvelles créées par le dix-neuvième siècle, et fait observer, comme une monstruosité politique, que le premier ministre n'est pas gentilhomme. Sa femme a le ton tranchant, parle haut, a eu des adorateurs, mais fait régulièrement ses pâques ; elle élève mal ses filles, et pense qu'elles seront toujours assez riches de leur nom. La femme et le mari n'ont d'ailleurs aucune idée du luxe actuel : ils gardent les livrées de théâtre, tiennent aux anciennes formes pour l'argenterie, les meubles, les voitures, comme pour les mœurs et le langage. Ce vieux faste s'allie d'ailleurs assez bien avec l'économie des provinces. Enfin c'est les gentilshommes d'autrefois, moins les lods et ventes, moins la meute et les habits galonnés ; tous pleins d'honneur entre eux, tous dévoués à des princes qu'ils ne voient qu'à distance. Cette maison historique incognito conserve l'originalité d'une antique tapisserie de haute-lice. Dans la famille végète infailliblement un oncle ou un frère, lieutenant-général, cordon rouge, homme de cour, qui est allé en Hanovre avec le maréchal de Richelieu, et que vous retrouvez là comme le feuillet égaré d'un vieux pamphlet du temps de Louis XV.

À cette famille fossile s'oppose une famille plus riche, mais de noblesse moins ancienne. Le mari et la femme vont passer deux mois d'hiver à Paris, ils en rapportent le ton fugitif et les passions éphémères. Madame est élégante, mais un peu guindée et toujours en retard avec les modes. Cependant elle se moque de l'ignorance affectée par ses voisins ; son argenterie est moderne ; elle a des grooms, des nègres, un valet de chambre. Son fils aîné a tilbury, ne fait rien, il a un majorat ; le cadet est auditeur au conseil d'État. Le père, très au fait des intrigues du ministère, raconte des anecdotes sur Louis XVIII et sur madame du Cayla, il place dans le cinq pour cent, évite la conversation sur les cidres, mais tombe encore parfois dans la manie de rectifier le chiffre des fortunes départementales ; il est membre du conseil général, se fait habiller à Paris, et porte la croix de la Légion-d'Honneur. Enfin ce gentilhomme a compris la restauration, et bat monnaie à la Chambre ; mais son royalisme est moins pur que celui de la famille avec laquelle il rivalise. Il reçoit la Gazette et les Débats. L'autre famille ne lit que la Quotidienne.

Monseigneur l'évêque, ancien vicaire-général, flotte entre ces deux puissances qui lui rendent les honneurs dus à la religion, mais en lui faisant sentir parfois la morale que le bon La Fontaine a mise à la fin de l'Âne chargé de reliques. Le bonhomme est roturier.

Puis viennent les astres secondaires, les gentilshommes qui jouissent de dix ou douze mille livres de rente, et qui ont été capitaines de vaisseau, ou capitaines de cavalerie, ou rien du tout. À cheval par les chemins, ils tiennent le milieu entre le curé portant les sacrements et le contrôleur des contributions en tournée. Presque tous ont été dans les pages ou dans les mousquetaires, et achèvent paisiblement leurs jours dans une faisance-valoir, plus occupés d'une coupe de bois ou de leur cidre que de la monarchie. Cependant ils parlent de la charte et des libéraux entre deux rubbers de whist ou pendant une partie de trictrac, après avoir calculé des dots et arrangé des mariages en rapport avec les généalogies qu'ils savent par cœur. Leurs femmes font les fières et prennent les airs de la cour dans leurs cabriolets d'osier, elles croient être parées quand elles sont affublées d'un châle et d'un bonnet ; elles achètent annuellement deux chapeaux, mais après de mûres délibérations, et se les font apporter de Paris par occasion ; elles sont généralement vertueuses et bavardes.

Autour de ces éléments principaux de la gent aristocratique se groupent deux ou trois vieilles filles de qualité qui ont résolu le problème de l'immobilisation de la créature humaine. Elles semblent être scellées dans les maisons où vous les voyez : leurs figures, leurs toilettes font partie de l'immeuble, de la ville, de la province ; elles en sont la tradition, la mémoire, l'esprit. Toutes ont quelque chose de raide et de monumental, elles savent sourire ou hocher la tête à propos, et, de temps en temps, disent des mots qui passent pour spirituels.

Quelques riches bourgeois se sont glissés dans ce petit faubourg Saint-Germain, grâce à leurs opinions aristocratiques ou à leurs fortunes. Mais, en dépit de leurs quarante ans, là chacun dit d'eux : – Ce petit un tel pense bien ! Et l'on en fait des députés. Généralement ils sont protégés par les vieilles filles, mais l'on en cause.

Puis enfin deux ou trois ecclésiastiques sont reçus dans cette société d'élite, pour leur étole, ou parce qu'ils ont de l'esprit, et que ces nobles personnes, s'ennuyant entre elles, introduisent l'élément bourgeois dans leurs salons, comme un boulanger met de la levure dans sa pâte.

La somme d'intelligence amassée dans toutes ces têtes se compose d'une certaine quantité d'idées anciennes auxquelles se mêlent quelques pensées nouvelles qui se brassent en commun tous les soirs. Semblables à l'eau d'une petite anse, les phrases qui représentent ces idées ont leur flux et reflux quotidien, leur remous perpétuel, exactement pareil : qui en entend aujourd'hui le vide retentissement l'entendra demain, dans un an, toujours. Leurs arrêts immuablement portés sur les choses d'ici-bas forment une science traditionnelle à laquelle il n'est au pouvoir de personne d'ajouter une goutte d'esprit. La vie de ces routinières personnes gravite dans une sphère d'habitudes aussi incommutables que le sont leurs opinions religieuses, politiques, morales et littéraires.

Un étranger est-il admis dans ce cénacle, chacun lui dira, non sans une sorte d'ironie : – Vous ne trouverez pas ici le brillant de votre monde parisien ! Et chacun condamnera l'existence de ses voisins en cherchant à faire croire qu'il est une exception dans cette société, qu'il a tenté sans succès de la rénover. Mais si, par malheur, l'étranger fortifie par quelque remarque l'opinion que ces gens ont mutuellement d'eux-mêmes, il passe aussitôt pour un homme méchant, sans foi ni loi, pour un Parisien corrompu, comme le sont en général tous les Parisiens.

Quand Gaston de Nueil apparut dans ce petit monde, où l'étiquette était parfaitement observée, où chaque chose de la vie s'harmoniait, où tout se trouvait mis à jour, où les valeurs nobiliaires et territoriales étaient cotées comme le sont les fonds de la Bourse à la dernière page des journaux, il avait été pesé d'avance dans les balances infaillibles de l'opinion bayeusaine. Déjà sa cousine madame de Sainte-Sévère avait dit le chiffre de sa fortune, celui de ses espérances, exhibé son arbre généalogique, vanté ses connaissances, sa politesse et sa modestie. Il reçut l'accueil auquel il devait strictement prétendre, fut accepté comme un bon gentilhomme, sans façon, parce qu'il n'avait que vingt-trois ans ; mais certaines jeunes personnes et quelques mères lui firent les yeux doux. Il possédait dix-huit mille livres de rente dans la vallée d'Auge, et son père devait tôt ou tard lui laisser le château de Manerville avec toutes ses dépendances. Quant à son instruction, à son avenir politique, à sa valeur personnelle, à ses talents, il n'en fut seulement pas question. Ses terres étaient bonnes et les fermages bien assurés ; d'excellentes plantations y avaient été faites ; les réparations et les impôts étaient à la charge des fermiers ; les pommiers avaient trente-huit ans ; enfin son père était en marché pour acheter deux cents arpents de bois contigus à son parc, qu'il voulait entourer de murs : aucune espérance ministérielle, aucune célébrité humaine ne pouvait lutter contre de tels avantages. Soit malice, soit calcul, madame de Sainte-Sevère n'avait pas parlé du frère aîné de Gaston, et Gaston n'en dit pas un mot. Mais ce frère était poitrinaire, et paraissait devoir être bientôt enseveli, pleuré, oublié. Gaston de Nueil commença par s'amuser de ces personnages ; il en dessina, pour ainsi dire, les figures sur son album dans la sapide vérité de leurs physionomies anguleuses, crochues, ridées, dans la plaisante originalité de leurs costumes et de leurs tics ; il se délecta des normanismes de leur idiome, du fruste de leurs idées et de leurs caractères. Mais, après avoir épousé pendant un moment cette existence semblable à celle des écureuils occupés à tourner leur cage, il sentit l'absence des oppositions dans une vie arrêtée d'avance, comme celle des religieux au fond des cloîtres, et tomba dans une crise qui n'est encore ni l'ennui, ni le dégoût, mais qui en comporte presque tous les effets. Après les légères souffrances de cette transition, s'accomplit pour l'individu le phénomène de sa transplantation dans un terrain qui lui est contraire, où il doit s'atrophier et mener une vie rachitique. En effet, si rien ne le tire de ce monde, il en adopte insensiblement les usages, et se fait à son vide qui le gagne et l'annule. Déjà les poumons de Gaston s'habituaient à cette atmosphère. Prêt à reconnaître une sorte de bonheur végétal dans ces journées passées sans soins et sans idées, il commençait à perdre le souvenir de ce mouvement de sève, de cette fructification constante des esprits qu'il avait si ardemment épousée dans la sphère parisienne, et allait se pétrifier parmi ces pétrifications, y demeurer pour toujours, comme les compagnons d'Ulysse, content de sa grasse enveloppe. Un soir Gaston de Nueil se trouvait assis entre une vieille dame et l'un des vicaires-généraux du diocèse, dans un salon à boiseries peintes en gris, carrelé en grands carreaux de terre blancs, décoré de quelques portraits de famille, garni de quatre tables de jeu, autour desquelles seize personnes babillaient en jouant au whist. Là, ne pensant à rien, mais digérant un de ces dîners exquis, l'avenir de la journée en province, il se surprit à justifier les usages du pays. Il concevait pourquoi ces gens-là continuaient à se servir des cartes de la veille, à les battre sur des tapis usés, et comment ils arrivaient à ne plus s'habiller ni pour eux-mêmes ni pour les autres. Il devinait je ne sais quelle philosophie dans le mouvement uniforme de cette vie circulaire, dans le calme de ces habitudes logiques et dans l'ignorance des choses élégantes. Enfin il comprenait presque l'inutilité du luxe. La ville de Paris, avec ses passions, ses orages et ses plaisirs, n'était déjà plus dans son esprit que comme un souvenir d'enfance. Il admirait de bonne foi les mains rouges, l'air modeste et craintif d'une jeune personne dont, à la première vue, la figure lui avait paru niaise, les manières sans grâces, l'ensemble repoussant et la mine souverainement ridicule. C'en était fait de lui. Venu de la province à Paris, il allait retomber de l'existence inflammatoire de Paris dans la froide vie de province, sans une phrase qui frappa son oreille et lui apporta soudain une émotion semblable à celle que lui aurait causée quelque motif original parmi les accompagnements d'un opéra ennuyeux.

– N'êtes-vous pas allé voir hier madame de Beauséant ? dit une vieille femme au chef de la maison princière du pays.

– J'y suis allé ce matin, répondit-il. Je l'ai trouvée bien triste et si souffrante que je n'ai pas pu la décider à venir dîner demain avec nous.

– Avec madame de Champignelles ? s'écria la douairière en manifestant une sorte de surprise.

– Avec ma femme, dit tranquillement le gentilhomme. Madame de Beauséant n'est-elle pas de la maison de Bourgogne ? Par les femmes, il est vrai ; mais enfin ce nom-là blanchit tout. Ma femme aime beaucoup la vicomtesse, et la pauvre dame est depuis si longtemps seule que…

En disant ces derniers mots, le marquis de Champignelles regarda d'un air calme et froid les personnes qui l'écoutaient en l'examinant ; mais il fut presque impossible de deviner s'il faisait une concession au malheur ou à la noblesse de madame de Beauséant, s'il était flatté de la recevoir, ou s'il voulait forcer par orgueil les gentilshommes du pays et leurs femmes à la voir.

Toutes les dames parurent se consulter en se jetant le même coup d'œil ; et alors, le silence le plus profond ayant tout à coup régné dans le salon, leur attitude fut prise comme un indice d'improbation.

– Cette madame de Beauséant est-elle par hasard celle dont l'aventure avec monsieur d'Ajuda-Pinto a fait tant de bruit ? demanda Gaston à la personne près de laquelle il était.

– Parfaitement la même, lui répondit-on. Elle est venue habiter Courcelles après le mariage du marquis d'Ajuda, personne ici ne la reçoit. Elle a d'ailleurs beaucoup trop d'esprit pour ne pas avoir senti la fausseté de sa position : aussi n'a-t-elle cherché à voir personne. Monsieur de Champignelles et quelques hommes se sont présentés chez elle, mais elle n'a reçu que monsieur de Champignelles à cause peut-être de leur parenté : ils sont alliés par les Beauséant. Le marquis de Beauséant le père a épousé une Champignelles de la branche aînée. Quoique la vicomtesse de Beauséant passe pour descendre de la maison de Bourgogne, vous comprenez que nous ne pouvions pas admettre ici une femme séparée de son mari. C'est de vieilles idées auxquelles avons encore la bêtise de tenir. La vicomtesse a eu d'autant plus de tort dans ses escapades que monsieur de Beauséant est un galant homme, un homme de cour : il aurait très-bien entendu raison. Mais sa femme est une tête folle…

Monsieur de Nueil, tout en entendant la voix de son interlocutrice, ne l'écoutait plus. Il était absorbé par mille fantaisies. Existe-t-il d'autre mot pour exprimer les attraits d'une aventure au moment où elle sourit à l'imagination, au moment où l'âme conçoit de vagues espérances, pressent d'inexplicables félicités, des craintes, des événements, sans que rien encore n'alimente ni ne fixe les caprices de ce mirage ? L'esprit voltige alors, enfante des projets impossibles et donne en germe les bonheurs d'une passion. Mais peut-être le germe de la passion la contient-elle entièrement, comme une graine contient une belle fleur avec ses parfums et ses riches couleurs. Monsieur de Nueil ignorait que madame de Beauséant se fût réfugiée en Normandie après un éclat que la plupart des femmes envient et condamnent, surtout lorsque les séductions de la jeunesse et de la beauté justifient presque la faute qui l'a causé. Il existe un prestige inconcevable dans toute espèce de célébrité, à quelque titre qu'elle soit due. Il semble que, pour les femmes comme jadis pour les familles, la gloire d'un crime en efface la honte. De même que telle maison s'enorgueillit de ses têtes tranchées, une jolie, une jeune femme devient plus attrayante par la fatale renommée d'un amour heureux ou d'une affreuse trahison. Plus elle est à plaindre, plus elle excite de sympathies. Nous ne sommes impitoyables que pour les choses, pour les sentiments et les aventures vulgaires. En attirant les regards, nous paraissons grands. Ne faut-il pas en effet s'élever au-dessus des autres pour en être vu ? Or, la foule éprouve involontairement un sentiment de respect pour tout ce qui s'est grandi, sans trop demander compte des moyens. En ce moment, Gaston de Nueil se sentait poussé vers madame de Beauséant par la secrète influence de ces raisons, ou peut-être par la curiosité, par le besoin de mettre un intérêt dans sa vie actuelle, enfin par cette foule de motifs impossibles à dire, et que le mot de fatalité sert souvent à exprimer. La vicomtesse de Beauséant avait surgi devant lui tout à coup, accompagnée d'une foule d'images gracieuses : elle était un monde nouveau ; près d'elle sans doute il y avait à craindre, à espérer, à combattre, à vaincre. Elle devait contraster avec les personnes que Gaston voyait dans ce salon mesquin ; enfin c'était une femme, et il n'avait point encore rencontré de femme dans ce monde froid où les calculs remplaçaient les sentiments, où la politesse n'était plus que des devoirs, et où les idées les plus simples avaient quelque chose de trop blessant pour être acceptées ou émises. Madame de Beauséant réveillait en son âme le souvenir de ses rêves de jeune homme et ses plus vivaces passions, un moment endormies. Gaston de Nueil devint distrait pendant le reste de la soirée. Il pensait aux moyens de s'introduire chez madame de Beauséant, et certes il n'en existait guère. Elle passait pour être éminemment spirituelle. Mais, si les personnes d'esprit peuvent se laisser séduire par les choses originales ou fines, elles sont exigeantes, savent tout deviner ; auprès d'elles il y a donc autant de chances pour se perdre que pour réussir dans la difficile entreprise de plaire. Puis la vicomtesse devait joindre à l'orgueil de sa situation la dignité que son nom lui commandait. La solitude profonde dans laquelle elle vivait semblait être la moindre des barrières élevées entre elle et le monde. Il était donc presque impossible à un inconnu, de quelque bonne famille qu'il fût, de se faire admettre chez elle.

Cependant le lendemain matin monsieur de Nueil dirigea sa promenade vers le pavillon de Courcelles, et fit plusieurs fois le tour de l'enclos qui en dépendait. Dupé par les illusions auxquelles il est si naturel de croire à son âge, il regardait à travers les brèches ou par-dessus les murs, restait en contemplation devant les persiennes fermées ou examinait celles qui étaient ouvertes. Il espérait un hasard romanesque, il en combinait les effets sans s'apercevoir de leur impossibilité, pour s'introduire auprès de l'inconnue. Il se promena pendant plusieurs matinées fort infructueusement ; mais, à chaque promenade, cette femme placée en dehors du monde, victime de l'amour, ensevelie dans la solitude, grandissait dans sa pensée et se logeait dans son âme. Aussi le cœur de Gaston battait-il d'espérance et de joie si par hasard, en longeant les murs de Courcelles, il venait à entendre le pas pesant de quelque jardinier.

Il pensait bien à écrire à madame de Beauséant ; mais que dire à une femme que l'on n'a pas vue et qui ne nous connaît pas ? D'ailleurs Gaston se défiait de lui-même ; puis, semblable aux jeunes gens encore pleins d'illusions, il craignait plus que la mort les terribles dédains du silence, et frissonnait en songeant à toutes les chances que pouvait avoir sa première prose amoureuse d'être jetée au feu. Il était en proie à mille idées contraires qui se combattaient. Mais enfin, à force d'enfanter des chimères, de composer des romans et de se creuser la cervelle, il trouva l'un de ces heureux stratagèmes qui finissent par se rencontrer dans le grand nombre de ceux que l'on rêve, et qui révèlent à la femme la plus innocente l'étendue de la passion avec laquelle un homme s'est occupé d'elle. Souvent les bizarreries sociales créent autant d'obstacles réels entre une femme et son amant que les poètes orientaux en ont mis dans les délicieuses fictions de leurs contes, et leurs images les plus fantastiques sont rarement exagérées. Aussi, dans la nature comme dans le monde des fées, la femme doit-elle toujours appartenir à celui qui sait arriver à elle et la délivrer de la situation où elle languit. Le plus pauvre des calenders, tombant amoureux de la fille d'un calife, n'en était pas certes séparé par une distance plus grande que celle qui se trouvait entre Gaston et madame de Beauséant. La vicomtesse vivait dans une ignorance absolue des circonvallations tracées autour d'elle par monsieur de Nueil, dont l'amour s'accroissait de toute la grandeur des obstacles à franchir, et qui donnaient à sa maîtresse improvisée les attraits que possède toute chose lointaine.

Un jour, se fiant à son inspiration, il espéra tout de l'amour qui devait jaillir de ses yeux. Croyant la parole plus éloquente que ne l'est la lettre la plus passionnée, et spéculant aussi sur la curiosité naturelle à la femme, il alla chez monsieur de Champignelles en se proposant de l'employer à la réussite de son entreprise. Il dit au gentilhomme qu'il avait à s'acquitter d'une commission importante et délicate auprès de madame de Beauséant ; mais, ne sachant point si elle lisait les lettres d'une écriture inconnue ou si elle accorderait sa confiance à un étranger, il le priait de demander à la vicomtesse, lors de sa première visite, si elle daignerait le recevoir. Tout en invitant le marquis à garder le secret en cas de refus, il l'engagea fort spirituellement à ne point taire à madame de Beauséant les raisons qui pouvaient le faire admettre chez elle. N'était-il pas homme d'honneur, loyal et incapable de se prêter à une chose de mauvais goût ou même malséante ! Le hautain gentilhomme, dont les petites vanités avaient été flattées, fut complétement dupé par cette diplomatie de l'amour qui prête à un jeune homme l'aplomb et la haute dissimulation d'un vieil ambassadeur. Il essaya bien de pénétrer les secrets de Gaston ; mais celui-ci, fort embarrassé de les lui dire, opposa des phrases normandes aux adroites interrogations de monsieur de Champignelles, qui, en chevalier français, le complimenta sur sa discrétion.

Aussitôt le marquis courut à Courcelles avec cet empressement que les gens d'un certain âge mettent à rendre service aux jolies femmes. Dans la situation où se trouvait la vicomtesse de Beauséant, un message de cette espèce était de nature à l'intriguer. Aussi, quoiqu'elle ne vît, en consultant ses souvenirs, aucune raison qui pût amener chez elle monsieur de Nueil, n'aperçut-elle aucun inconvénient à le recevoir, après toutefois s'être prudemment enquise de sa position dans le monde. Elle avait cependant commencé par refuser ; puis elle avait discuté ce point de convenance avec monsieur de Champignelles, en l'interrogeant pour tâcher de deviner s'il savait le motif de cette visite ; puis elle était revenue sur son refus. La discussion et la discrétion forcée du marquis avaient irrité sa curiosité.

Monsieur de Champignelles, ne voulant point paraître ridicule, prétendait, en homme instruit, mais discret, que la vicomtesse devait parfaitement bien connaître l'objet de cette visite, quoiqu'elle le cherchât de bien bonne foi sans le trouver. Madame de Beauséant créait des liaisons entre Gaston et des gens qu'il ne connaissait pas, se perdait dans d'absurdes suppositions, et se demandait à elle-même si elle avait jamais vu monsieur de Nueil. La lettre d'amour la plus vraie ou la plus habile n'eût certes pas produit autant d'effet que cette espèce d'énigme sans mot de laquelle madame de Beauséant fut occupée à plusieurs reprises.

Quand Gaston apprit qu'il pouvait voir la vicomtesse, il fut tout à la fois dans le ravissement d'obtenir si promptement un bonheur ardemment souhaité et singulièrement embarrassé de donner un dénouement à sa ruse. – Bah ! la voir, répétait-il en s'habillant, la voir, c'est tout ! Puis il espérait, en franchissant la porte de Courcelles, rencontrer un expédient pour dénouer le nœud gordien qu'il avait serré lui-même. Gaston était du nombre de ceux qui, croyant à la toute-puissance de la nécessité, vont toujours ; et, au dernier moment, arrivés en face du danger, ils s'en inspirent et trouvent des forces pour le vaincre. Il mit un soin particulier à sa toilette. Il s'imaginait, comme les jeunes gens, que d'une boucle bien ou mal placée dépendait son succès, ignorant qu'au jeune âge tout est charme et attrait. D'ailleurs les femmes de choix qui ressemblent à madame de Beauséant ne se laissent séduire que par les grâces de l'esprit et par la supériorité du caractère. Un grand caractère flatte leur vanité, leur promet une grande passion et paraît devoir admettre les exigences de leur cœur. L'esprit les amuse, répond aux finesses de leur nature, et elles se croient comprises. Or, que veulent toutes les femmes, si ce n'est d'être amusées, comprises ou adorées ? Mais il faut avoir bien réfléchi sur les choses de la vie pour deviner la haute coquetterie que comportent la négligence du costume et la réserve de l'esprit dans une première entrevue. Quand nous devenons assez rusés pour être d'habiles politiques, nous sommes trop vieux pour profiter de notre expérience. Tandis que Gaston se défiait assez de son esprit pour emprunter des séductions à son vêtement, madame de Beauséant elle-même mettait instinctivement de la recherche dans sa toilette et se disait en arrangeant sa coiffure : – Je ne veux cependant pas être à faire peur.

Monsieur de Nueil avait dans l'esprit, dans sa personne et dans les manières, cette tournure naïvement originale qui donne une sorte de saveur aux gestes et aux idées ordinaires, permet de tout dire et fait tout passer.

Il était instruit, pénétrant, d'une physionomie heureuse et mobile comme son âme impressible. Il y avait de la passion, de la tendresse dans ses yeux vifs ; et son cœur, essentiellement bon, ne les démentait pas. La résolution qu'il prit en entrant à Courcelles fut donc en harmonie avec la nature de son caractère franc et de son imagination ardente. Malgré l'intrépidité de l'amour, il ne put cependant se défendre d'une violente palpitation quand, après avoir traversé une grande cour dessinée en jardin anglais, il arriva dans une salle où un valet de chambre, lui ayant demandé son nom, disparut et revint pour l'introduire.

– Monsieur le baron de Nueil.

Gaston entra lentement, mais d'assez bonne grâce, chose plus difficile encore dans un salon où il n'y a qu'une femme que dans celui où il y en a vingt. À l'angle de la cheminée, où, malgré la saison, brillait un grand foyer, et sur laquelle se trouvaient deux candélabres allumés jetant de molles lumières, il aperçut une jeune femme assise dans cette moderne bergère à dossier très-élevé, dont le siége bas lui permettait de donner à sa tête des poses variées pleines de grâce et d'élégance, de l'incliner, de la pencher, de la redresser languissamment, comme si c'était un fardeau pesant ; puis de plier ses pieds, de les montrer ou de les rentrer sous les longs plis d'une robe noire. La vicomtesse voulut placer sur une petite table ronde le livre qu'elle lisait ; mais ayant en même temps tourné la tête vers monsieur de Nueil, le livre, mal posé, tomba dans l'intervalle qui séparait la table de la bergère. Sans paraître surprise de cet accident, elle se rehaussa, et s'inclina pour répondre au salut du jeune homme, mais d'une manière imperceptible et presque sans se lever de son siége où son corps resta plongé. Elle se courba pour s'avancer, remua vivement le feu ; puis elle se baissa, ramassa un gant qu'elle mit avec négligence à sa main gauche, en cherchant l'autre par un regard promptement réprimé ; car de sa main droite, main blanche, presque transparente, sans bagues, fluette, à doigts effilés, et dont les ongles roses formaient un ovale parfait, elle montra une chaise comme pour dire à Gaston de s'asseoir. Quand son hôte inconnu fut assis, elle tourna la tête vers lui par un mouvement interrogeant et coquet dont la finesse ne saurait se peindre ; il appartenait à ces intentions bienveillantes, à ces gestes gracieux, quoique précis, que donnent l'éducation première et l'habitude constante des choses de bon goût. Ces mouvements multipliés se succédèrent rapidement en un instant, sans saccades ni brusquerie, et charmèrent Gaston par ce mélange de soin et d'abandon qu'une jolie femme ajoute aux manières aristocratiques de la haute compagnie. Madame de Beauséant contrastait trop vivement avec les automates parmi lesquels il vivait depuis deux mois d'exil au fond de la Normandie, pour ne pas lui personnifier la poésie de ses rêves ; aussi ne pouvait-il en comparer les perfections à aucune de celles qu'il avait jadis admirées. Devant cette femme et dans ce salon meublé comme l'est un salon du faubourg Saint-Germain, plein de ces riens si riches qui traînent sur les tables, en apercevant des livres et des fleurs, il se retrouva dans Paris. Il foulait un vrai tapis de Paris, revoyait le type distingué, les formes frêles de la Parisienne, sa grâce exquise, et sa négligence des effets cherchés qui nuisent tant aux femmes de province.

Madame la vicomtesse de Beauséant était blonde, blanche comme une blonde, et avait les yeux bruns. Elle présentait noblement son front, un front d'ange déchu qui s'enorgueillit de sa faute et ne veut point de pardon. Ses cheveux, abondants et tressés en hauteur au-dessus de deux bandeaux qui décrivaient sur ce front de larges courbes, ajoutaient encore à la majesté de sa tête. L'imagination retrouvait, dans les spirales de cette chevelure dorée, la couronne ducale de Bourgogne ; et, dans les yeux brillants de cette grande dame, tout le courage de sa maison ; le courage d'une femme forte seulement pour repousser le mépris ou l'audace, mais pleine de tendresse pour les sentiments doux. Les contours de sa petite tête, admirablement posée sur un long col blanc ; les traits de sa figure fine, ses lèvres déliées et sa physionomie mobile gardaient une expression de prudence exquise, une teinte d'ironie affectée qui ressemblait à de la ruse et à de l'impertinence. Il était difficile de ne pas lui pardonner ces deux péchés féminins en pensant à ses malheurs, à la passion qui avait failli lui coûter la vie, et qu'attestaient soit les rides qui, par le moindre mouvement, sillonnaient son front, soit la douloureuse éloquence de ses beaux yeux souvent levés vers le ciel. N'était-ce pas un spectacle imposant, et encore agrandi par la pensée, de voir dans un immense salon silencieux cette famille séparée du monde entier, et qui, depuis trois ans, demeurait au fond d'une petite vallée, loin de la ville, seule avec les souvenirs d'une jeunesse brillante, heureuse, passionnée, jadis remplie par des fêtes, par de constants hommages, mais maintenant livrée aux horreurs du néant ? Le sourire de cette femme annonçait une haute conscience de sa valeur. N'étant ni mère ni épouse, repoussée par le monde, privée du seul cœur qui pût faire battre le sien sans honte, ne tirant d'aucun sentiment les secours nécessaires à son âme chancelante, elle devait prendre sa force sur elle-même, vivre de sa propre vie, et n'avoir d'autre espérance que celle de la femme abandonnée : attendre la mort, en hâter la lenteur malgré les beaux jours qui lui restaient encore. Se sentir destinée au bonheur, et périr sans le recevoir, sans le donner ?... une femme ! Quelles douleurs ! Monsieur de Nueil fit ces réflexions avec la rapidité de l'éclair, et se trouva bien honteux de son personnage en présence de la plus grande poésie dont puisse s'envelopper une femme. Séduit par le triple éclat de la beauté, du malheur et de la noblesse, il demeura presque béant, songeur, admirant la vicomtesse, mais ne trouvant rien à lui dire.

Madame de Beauséant, à qui cette surprise ne déplut sans doute point, lui tendit la main par un geste doux, mais impératif ; puis, rappelant un sourire sur ses lèvres pâlies, comme pour obéir encore aux grâces de son sexe, elle lui dit : – Monsieur de Champignelles m'a prévenue, monsieur, du message dont vous vous êtes si complaisamment chargé pour moi. Serait-ce de la part de…

En entendant cette terrible phrase, Gaston comprit encore mieux le ridicule de sa situation, le mauvais goût, la déloyauté de son procédé envers une femme et si noble et si malheureuse. Il rougit. Son regard, empreint de mille pensées, se troubla ; mais tout à coup, avec cette force que de jeunes cœurs savent puiser dans le sentiment de leurs fautes, il se rassura ; puis, interrompant madame de Beauséant, non sans faire un geste plein de soumission, il lui répondit d'une voix émue : – Madame, je ne mérite pas le bonheur de vous voir ; je vous ai indignement trompée. Le sentiment auquel j'ai obéi, si grand qu'il puisse être, ne saurait faire excuser le misérable subterfuge qui m'a servi pour arriver jusqu'à vous. Mais, madame, si vous aviez la bonté de me permettre de vous dire…

La vicomtesse lança sur monsieur de Nueil un coup d'œil plein de hauteur et de mépris, leva la main pour saisir le cordon de sa sonnette, sonna ; le valet de chambre vint ; elle lui dit, en regardant le jeune homme avec dignité : – Jacques, éclairez monsieur.

Elle se leva fière, salua Gaston, et se baissa pour ramasser le livre tombé. Ses mouvements furent aussi secs, aussi froids que ceux par lesquels elle l'accueillit avaient été mollement élégants et gracieux. Monsieur de Nueil s'était levé, mais il restait debout. Madame de Beauséant lui jeta de nouveau un regard comme pour lui dire : – Eh ! bien, vous ne sortez pas ?

Ce regard fut empreint d'une moquerie si perçante, que Gaston devint pâle comme un homme près de défaillir. Quelques larmes roulèrent dans ses yeux ; mais il les retint, les sécha dans les feux de la honte et du désespoir, regarda madame de Beauséant avec une sorte d'orgueil qui exprimait tout ensemble et de la résignation et une certaine conscience de sa valeur : la vicomtesse avait le droit de le punir, mais le devait-elle ? Puis il sortit. En traversant l'antichambre, la perspicacité de son esprit, et son intelligence aiguisée par la passion lui firent comprendre tout le danger de sa situation. – Si je quitte cette maison, se dit-il, je n'y pourrai jamais rentrer ; je serai toujours un sot pour la vicomtesse. Il est impossible à une femme, et elle est femme ! de ne pas deviner l'amour qu'elle inspire ; elle ressent peut-être un regret vague et involontaire de m'avoir si brusquement congédié, mais elle ne doit pas, elle ne peut pas révoquer son arrêt : c'est à moi de la comprendre.

À cette réflexion, Gaston s'arrête sur le perron, laisse échapper une exclamation, se retourne vivement et dit : – J'ai oublié quelque chose ! Et il revint vers le salon suivi du valet de chambre, qui, plein de respect pour un baron et par les droits sacrés de la propriété, fut complétement abusé par le ton naïf avec lequel cette phrase fut dite. Gaston entra doucement sans être annoncé. Quand la vicomtesse, pensant peut-être que l'intrus était son valet de chambre, leva la tête, elle trouva devant elle monsieur de Nueil.

– Jacques m'a éclairé, dit-il en souriant. Son sourire, empreint d'une grâce à demi triste, ôtait à ce mot tout ce qu'il avait de plaisant, et l'accent avec lequel il était prononcé devait aller à l'âme.

Madame de Beauséant fut désarmée.

– Eh ! bien, asseyez-vous, dit-elle.

Gaston s'empara de la chaise par un mouvement avide. Ses yeux, animés par la félicité, jetèrent un éclat si vif que la vicomtesse ne put soutenir ce jeune regard, baissa les yeux sur son livre et savoura le plaisir toujours nouveau d'être pour un homme le principe de son bonheur, sentiment impérissable chez la femme. Puis, madame de Beauséant avait été devinée. La femme est si reconnaissante de rencontrer un homme au fait des caprices si logiques de son cœur, qui comprenne les allures en apparence contradictoires de son esprit, les fugitives pudeurs de ses sensations tantôt timides, tantôt hardies, étonnant mélange de coquetterie et de naïveté !

– Madame, s'écria doucement Gaston, vous connaissez ma faute, mais vous ignorez mes crimes. Si vous saviez avec quel bonheur j'ai…

– Ah ! prenez garde, dit-elle en levant un de ses doigts d'un air mystérieux à la hauteur de son nez, qu'elle effleura ; puis, de l'autre main, elle fit un geste pour prendre le cordon de la sonnette.

Ce joli mouvement, cette gracieuse menace provoquèrent sans doute une triste pensée, un souvenir de sa vie heureuse, du temps où elle pouvait être tout charme et tout gentillesse, où le bonheur justifiait les caprices de son esprit comme il donnait un attrait de plus aux moindres mouvements de sa personne. Elle amassa les rides de son front entre ses deux sourcils ; son visage, si doucement éclairé par les bougies, prit une sombre expression ; elle regarda monsieur de Nueil avec une gravité dénuée de froideur, et lui dit en femme profondément pénétrée par le sens de ses paroles : – Tout ceci est bien ridicule ! Un temps a été, monsieur, où j'avais le droit d'être follement gaie, où j'aurais pu rire avec vous et vous recevoir sans crainte mais aujourd'hui, ma vie est bien changée, je ne suis plus maîtresse de mes actions, et suis forcée d'y réfléchir. À quel sentiment dois-je votre visite ? Est-ce curiosité ? Je paie alors bien cher un fragile instant de bonheur. Aimeriez-vous déjà passionnément une femme infailliblement calomniée et que vous n'avez jamais vue ? Vos sentiments seraient donc fondés sur la mésestime, sur une faute à laquelle le hasard a donné de la célébrité. Elle jeta son livre sur la table avec dépit – Hé ! quoi, reprit-elle après avoir lancé un regard terrible sur Gaston, parce que j'ai été faible, le monde veut donc que je le sois toujours ? Cela est affreux, dégradant. Venez-vous chez moi pour me plaindre ? Vous êtes bien jeune pour sympathiser avec des peines de cœur. Sachez-le bien, monsieur, je préfère le mépris à la pitié ; je ne veux subir la compassion de personne. Il y eut un moment de silence. – Eh ! bien, vous voyez, monsieur, reprit-elle en levant la tête vers lui d'un air triste et doux, quel que soit le sentiment qui vous ait porté à vous jeter étourdiment dans ma retraite, vous me blessez. Vous êtes trop jeune pour être tout à fait dénué de bonté, vous sentirez donc l'inconvenance de votre démarche ; je vous la pardonne, et vous en parle maintenant sans amertume. Vous ne reviendrez plus ici, n'est-ce pas ? Je vous prie quand je pourrais ordonner. Si vous me faisiez une nouvelle visite, il ne serait ni en votre pouvoir ni au mien d'empêcher toute la ville de croire que vous devenez mon amant, et vous ajouteriez à mes chagrins un chagrin bien grand. Ce n'est pas votre volonté, je pense.

Elle se tut en le regardant avec une dignité vraie qui le rendit confus.

– J'ai eu tort, madame, répondit-il d'un ton pénétré ; mais l'ardeur, l'irréflexion, un vif besoin de bonheur sont à mon âge des qualités et des défauts. Maintenant, reprit-il, je comprends que je n'aurais pas dû chercher à vous voir, et cependant mon désir était bien naturel…

Il tâcha de raconter avec plus de sentiment que d'esprit les souffrances auxquelles l'avait condamné son exil nécessaire. Il peignit l'état d'un jeune homme dont les feux brûlaient sans aliment, en faisant penser qu'il était digne d'être aimé tendrement, et néanmoins n'avait jamais connu les délices d'un amour inspiré par une femme jeune, belle, pleine de goût, de délicatesse. Il expliqua son manque de convenance sans vouloir le justifier. Il flatta madame de Beauséant en lui prouvant qu'elle réalisait pour lui le type de la maîtresse incessamment mais vainement appelée par la plupart des jeunes gens. Puis, en parlant de ses promenades matinales autour de Courcelles, et des idées vagabondes qui le saisissaient à l'aspect du pavillon où il s'était enfin introduit, il excita cette indéfinissable indulgence que la femme trouve dans son cœur pour les folies qu'elle inspire. Il fit entendre une voix passionnée dans cette froide solitude, où il apportait les chaudes inspirations du jeune âge et les charmes d'esprit qui décèlent une éducation soignée. Madame de Beauséant était privée depuis trop longtemps des émotions que donnent les sentiments vrais finement exprimés pour ne pas en sentir vivement les délices. Elle ne put s'empêcher de regarder la figure expressive de monsieur de Nueil, et d'admirer en lui cette belle confiance de l'âme qui n'a encore été ni déchirée par les cruels enseignements de la vie du monde, ni dévorée par les perpétuels calculs de l'ambition ou de la vanité. Gaston était le jeune homme dans sa fleur, et se produisait en homme de caractère qui méconnaît encore ses hautes destinées. Ainsi tous deux faisaient à l'insu l'un de l'autre les réflexions les plus dangereuses pour leur repos, et tâchaient de se les cacher. Monsieur de Nueil reconnaissait dans la vicomtesse une de ces femmes si rares, toujours victimes de leur propre perfection et de leur inextinguible tendresse, dont la beauté gracieuse est le moindre charme quand elles ont une fois permis l'accès de leur âme où les sentiments sont infinis, où tout est bon, où l'instinct du beau s'unit aux expressions les plus variées de l'amour pour purifier les voluptés et les rendre presque saintes : admirable secret de la femme, présent exquis si rarement accordé par la nature. De son côté, la vicomtesse, en écoutant l'accent vrai avec lequel Gaston lui parlait des malheurs de sa jeunesse, devinait les souffrances imposées par la timidité aux grands enfants de vingt-cinq ans, lorsque l'étude les garantis de la corruption et du contact des gens du monde dont l'expérience raisonneuse corrode les belles qualités du jeune âge. Elle trouvait en lui le rêve de toutes les femmes, un homme chez lequel n'existait encore ni cet égoïsme de famille et de fortune, ni ce sentiment personnel qui finissent par tuer, dans leur premier élan, le dévouement, l'honneur, l'abnégation, l'estime de soi-même, fleurs d'âme sitôt fanées qui d'abord enrichissent la vie d'émotions délicates, quoique fortes, et ravivent en l'homme la probité du cœur. Une fois lancés dans les vastes espaces du sentiment, ils arrivèrent très-loin en théorie, sondèrent l'un et l'autre la profondeur de leurs âmes, s'informèrent de la vérité de leurs expressions. Cet examen, involontaire chez Gaston, était prémédité chez madame de Beauséant. Usant de sa finesse naturelle ou acquise, elle exprimait, sans se nuire à elle-même, des opinions contraires aux siennes pour connaître celles de monsieur de Nueil. Elle fut si spirituelle, si gracieuse, elle fut si bien elle-même avec un jeune homme qui ne réveillait point sa défiance, en croyant ne plus le revoir, que Gaston s'écria naïvement à un mot délicieux dit par elle-même : – Eh ! madame, comment un homme a-t-il pu vous abandonner ?

La vicomtesse resta muette. Gaston rougit, il pensait l'avoir offensée. Mais cette femme était surprise par le premier plaisir profond et vrai qu'elle ressentait depuis le jour de son malheur. Le roué le plus habile n'eût pas fait à force d'art le progrès que monsieur de Nueil dut à ce cri parti du cœur. Ce jugement arraché à la candeur d'un homme jeune la rendait innocente à ses yeux, condamnait le monde, accusait celui qui l'avait quittée, et justifiait la solitude où elle était venue languir. L'absolution mondaine, les touchantes sympathies, l'estime sociale, tant souhaitées, si cruellement refusées, enfin ses plus secrets désirs étaient accomplis par cette exclamation qu'embellissaient encore les plus douces flatteries du cœur et cette admiration toujours avidement savourée par les femmes. Elle était donc entendue et comprise, monsieur de Nueil lui donnait tout naturellement l'occasion de se grandir de sa chute. Elle regarda la pendule.

– Oh ! madame, s'écria Gaston, ne me punissez pas de mon étourderie. Si vous ne m'accordez qu'une soirée, daignez ne pas l'abréger encore.

Elle sourit du compliment.

– Mais, dit-elle, puisque nous ne devons plus nous revoir, qu'importe un moment de plus ou de moins ? Si je vous plaisais, ce serait un malheur.

– Un malheur tout venu, répondit-il tristement.

– Ne me dites pas cela, reprit-elle gravement. Dans toute autre position je vous recevrais avec plaisir. Je vais vous parler sans détour, vous comprendrez pourquoi je ne veux pas, pourquoi je ne dois pas vous revoir. Je vous crois l'âme trop grande pour ne pas sentir que si j'étais seulement soupçonnée d'une seconde faute, je deviendrais, pour tout le monde, une femme méprisable et vulgaire, je ressemblerais aux autres femmes. Une vie pure et sans tache donnera donc du relief à mon caractère. Je suis trop fière pour ne pas essayer de demeurer au milieu de la Société comme un être à part, victime des lois par mon mariage, victime des hommes par mon amour. Si je ne restais pas fidèle à ma position, je mériterais tout le blâme qui m'accable, et perdrais ma propre estime. Je n'ai pas eu la haute vertu sociale d'appartenir à un homme que je n'aimais pas. J'ai brisé, malgré les lois, les liens du mariage : c'était un tort, un crime, ce sera tout ce que vous voudrez ; mais pour moi cet état équivalait à la mort. J'ai voulu vivre. Si j'eusse été mère, peut-être aurais-je trouvé des forces pour supporter le supplice d'un mariage, imposé par les convenances. À dix-huit ans, nous ne savons guère, pauvres jeunes filles, ce que l'on nous fait faire. J'ai violé les lois du monde, le monde m'a punie ; nous étions justes l'un et l'autre. J'ai cherché le bonheur. N'est-ce pas une loi de notre nature que d'être heureuses ? J'étais jeune, j'étais belle… J'ai cru rencontrer un être aussi aimant qu'il paraissait passionné. J'ai été bien aimée pendant un moment !…

Elle fit une pause.

– Je pensais, reprit-elle, qu'un homme ne devait jamais abandonner une femme dans la situation où je me trouvais. J'ai été quittée, j'aurai déplu. Oui, j'ai manqué sans doute à quelque loi de nature : j'aurai été trop aimante, trop dévouée ou trop exigeante, je ne sais. Le malheur m'a éclairée. Après avoir été longtemps l'accusatrice, je me suis résignée à être la seule criminelle. J'ai donc absous à mes dépens celui de qui je croyais avoir à me plaindre. Je n'ai pas été assez adroite pour le conserver : la destinée m'a fortement punie de ma maladresse. Je ne sais qu'aimer : le moyen de penser à soi quand on aime ? J'ai donc été l'esclave quand j'aurais dû me faire tyran. Ceux qui me connaîtront pourront me condamner, mais ils m'estimeront. Mes souffrances m'ont appris à ne plus m'exposer à l'abandon. Je ne comprends pas comment j'existe encore, après avoir subi les douleurs des huit premiers jours qui ont suivi cette crise, la plus affreuse dans la vie d'une femme. Il faut avoir vécu pendant trois ans seule pour avoir acquis la force de parler comme je le fais en ce moment de cette douleur. L'agonie se termine ordinairement par la mort, eh ! bien, monsieur, c'était une agonie sans le tombeau pour dénouement. Oh ! j'ai bien souffert !

La vicomtesse leva ses beaux yeux vers la corniche à laquelle sans doute elle confia tout ce que ne devait pas entendre un inconnu. Une corniche est bien la plus douce, la plus soumise, la plus complaisante confidente que les femmes puissent trouver dans les occasions où elles n'osent regarder leur interlocuteur. La corniche d'un boudoir est une institution. N'est-ce pas un confessionnal, moins le prêtre ? En ce moment, madame de Beauséant était éloquente et belle, il faudrait dire coquette, si ce mot n'était pas trop fort. En se rendant justice, en mettant, entre elle et l'amour, les plus hautes barrières, elle aiguillonnait tous les sentiments de l'homme : et, plus elle élevait le but, mieux elle l'offrait aux regards. Enfin elle abaissa ses yeux sur Gaston, après leur avoir fait perdre l'expression trop attachante que leur avait communiquée le souvenir de ses peines.

– Avouez que je dois rester froide et solitaire ? lui dit-elle d'un ton calme.

Monsieur de Nueil se sentait une violente envie de tomber aux pieds de cette femme alors sublime de raison et de folie, il craignit de lui paraître ridicule ; il réprima donc et son exaltation et ses pensées : il éprouvait à la fois et la crainte de ne point réussir à les bien exprimer, et la peur de quelque terrible refus ou d'une moquerie dont l'appréhension glace les âmes les plus ardentes. La réaction des sentiments qu'il refoulait au moment où ils s'élançaient de son cœur lui causa cette douleur profonde que connaissent les gens timides et les ambitieux, souvent forcés de dévorer leurs désirs. Cependant il ne put s'empêcher de rompre le silence pour dire d'une voix tremblante : – Permettez-moi, madame, de me livrer à une des plus grandes émotions de ma vie, en vous avouant ce que vous me faites éprouver. Vous m'agrandissez le cœur ! je sens en moi le désir d'occuper ma vie à vous faire oublier vos chagrins, à vous aimer pour tous ceux qui vous ont haïe ou blessée. Mais c'est une effusion de cœur bien soudaine, qu'aujourd'hui rien ne justifie et que je devrais…

– Assez, monsieur, dit madame de Beauséant. Nous sommes allés trop loin l'un et l'autre. J'ai voulu dépouiller de toute dureté le refus qui m'est imposé, vous en expliquer les tristes raisons, et non m'attirer des hommages. La coquetterie ne va bien qu'à la femme heureuse. Croyez-moi, restons étrangers l'un à l'autre. Plus tard, vous saurez qu'il ne faut point former de liens quand ils doivent nécessairement se briser un jour.

Elle soupira légèrement, et son front se plissa pour reprendre aussitôt la pureté de sa forme.

– Quelles souffrances pour une femme, reprit-elle, de ne pouvoir suivre l'homme qu'elle aime dans toutes les phases de sa vie ! Puis ce profond chagrin ne doit-il pas horriblement retentir dans le cœur de cet homme, si elle en est bien aimée. N'est-ce pas un double malheur ?

Il y eut un moment de silence, après lequel elle dit en souriant et en se levant pour faire lever son hôte : – Vous ne vous doutiez pas en venant à Courcelles d'y entendre un sermon ?

Gaston se trouvait en ce moment plus loin de cette femme extraordinaire qu'à l'instant ou il l'avait abordée. Attribuant le charme de cette heure délicieuse à la coquetterie d'une maîtresse de maison jalouse de déployer son esprit, il salua froidement la vicomtesse, et sortit désespéré. Chemin faisant, le baron cherchait à surprendre le vrai caractère de cette créature souple et dure comme un ressort ; mais il lui avait vu prendre tant de nuances, qu'il lui fut impossible d'asseoir sur elle un jugement vrai. Puis les intonations de sa voix lui retentissaient encore aux oreilles, et le souvenir prêtait tant de charmes aux gestes, aux airs de tête, au jeu des yeux, qu'il s'éprit davantage à cet examen. Pour lui, la beauté de la vicomtesse reluisait encore dans les ténèbres, les impressions qu'il en avait reçues se réveillaient attirées l'une par l'autre, pour de nouveau le séduire en lui révélant des grâces de femme et d'esprit inaperçues d'abord. Il tomba dans une de ces méditations vagabondes pendant lesquelles les pensées les plus lucides se combattent, se brisent les unes contre les autres, et jettent l'âme dans un court accès de folie. Il faut être jeune pour révéler et pour comprendre les secrets de ces sortes de dithyrambes, où le cœur, assailli par les idées les plus justes et les plus folles, cède à la dernière qui le frappe, à une pensée d'espérance ou de désespoir, au gré d'une puissance inconnue. À l'âge de vingt-trois ans, l'homme est presque toujours dominé par un sentiment de modestie : les timidités, les troubles de la jeune fille l'agitent, il a peur de mal exprimer son amour, il ne voit que des difficultés et s'en effraie, il tremble de ne pas plaire, il serait hardi s'il n'aimait pas tant ; plus il sent le prix du bonheur, moins il croit que sa maîtresse puisse le lui facilement accorder ; d'ailleurs, peut-être se livre-t-il trop entièrement à son plaisir, et craint-il de n'en point donner ; lorsque, par malheur, son idole est imposante, il l'adore en secret et de loin ; s'il n'est pas deviné, son amour expire. Souvent cette passion hâtive, morte dans un jeune cœur, y reste brillante d'illusions. Quel homme n'a pas plusieurs de ces vierges souvenirs qui, plus tard, se réveillent, toujours plus gracieux, et apportent l'image d'un bonheur parfait ? souvenirs semblables à ces enfants perdus à la fleur de l'âge, et dont les parents n'ont connu que les sourires. Monsieur de Nueil revint donc de Courcelles, en proie à un sentiment gros de résolutions extrêmes. Madame de Beauséant était déjà devenue pour lui la condition de son existence : il aimait mieux mourir que de vivre sans elle. Encore assez jeune pour ressentir ces cruelles fascinations que la femme parfaite exerce sur les âmes neuves et passionnées, il dut passer une de ces nuits orageuses pendant lesquelles les jeunes gens vont du bonheur au suicide, du suicide au bonheur, dévorent toute une vie heureuse et s'endorment impuissants. Nuits fatales, où le plus grand malheur qui puisse arriver est de se réveiller philosophe. Trop véritablement amoureux pour dormir, monsieur de Nueil se leva, se mit à écrire des lettres dont aucune ne le satisfit, et les brûla toutes.

Le lendemain, il alla faire le tour du petit enclos de Courcelles ; mais à la nuit tombante, car il avait peur d'être aperçu par la vicomtesse. Le sentiment auquel il obéissait alors appartient à une nature d'âme si mystérieuse, qu'il faut être encore jeune homme, ou se trouver dans une situation semblable, pour en comprendre les muettes félicités et les bizarreries ; toutes choses qui feraient hausser les épaules aux gens assez heureux pour toujours voir le positif de la vie. Après des hésitations cruelles, Gaston écrivit à madame de Beauséant la lettre suivante, qui peut passer pour un modèle de la phraséologie particulière aux amoureux, et se comparer aux dessins faits en cachette par les enfants pour la fête de leurs parents ; présents détestables pour tout le monde, excepté pour ceux qui les reçoivent.

« Madame,

« Vous exercez un si grand empire sur mon cœur, sur mon âme et ma personne, qu'aujourd'hui ma destinée dépend entièrement de vous. Ne jetez pas ma lettre au feu. Soyez assez bienveillante pour la lire. Peut-être me pardonnerez-vous cette première phrase en vous apercevant que ce n'est pas une déclaration vulgaire ni intéressée, mais l'expression d'un fait naturel. Peut-être serez-vous touchée par la modestie de mes prières, par la résignation que m'inspire le sentiment de mon infériorité, par l'influence de votre détermination sur ma vie. À mon âge, madame, je ne sais qu'aimer, j'ignore entièrement et ce qui peut plaire à une femme et ce qui la séduit ; mais je me sens au cœur, pour elle, d'enivrantes adorations. Je suis irrésistiblement attiré vers vous par le plaisir immense que vous me faites éprouver, et pense à vous avec tout l'égoïsme qui nous entraîne, là où, pour nous, est la chaleur vitale. Je ne me crois pas digne de vous. Non, il me semble impossible à moi, jeune, ignorant, timide, de vous apporter la millième partie du bonheur que j'aspirais en vous entendant, en vous voyant. Vous êtes pour moi la seule femme qu'il y ait dans le monde. Ne concevant point la vie sans vous, j'ai pris la résolution de quitter la France et d'aller jouer mon existence jusqu'à ce que je la perde dans quelque entreprise impossible, aux Indes, en Afrique, je ne sais où. Ne faut-il pas que je combatte un amour sans bornes par quelque chose d'infini ? Mais si vous voulez me laisser l'espoir, non pas d'être à vous, mais d'obtenir votre amitié, je reste. Permettez-moi de passer près de vous, rarement même si vous l'exigez, quelques heures semblables à celles que j'ai surprises. Ce frêle bonheur, dont les vives jouissances peuvent m'être interdites à la moindre parole trop ardente, suffira pour me faire endurer les bouillonnements de mon sang. Ai-je trop présumé de votre générosité en vous suppliant de souffrir un commerce où tout est profit pour moi seulement ? Vous saurez bien faire voir à ce monde, auquel vous sacrifiez tant, que je ne vous suis rien. Vous êtes si spirituelle et si fière ! Qu'avez-vous à craindre ? Maintenant je voudrais pouvoir vous ouvrir mon cœur, afin de vous persuader que mon humble demande ne cache aucune arrière-pensée. Je ne vous aurais pas dit que mon amour était sans bornes en vous priant de m'accorder de l'amitié, si j'avais l'espoir de vous faire partager le sentiment profond enseveli dans mon âme. Non, je serai près de vous ce que vous voudrez que je sois, pourvu que j'y sois. Si vous me refusiez, et vous le pouvez, je ne murmurerai point, je partirai. Si plus tard une femme autre que vous entre pour quelque chose dans ma vie, vous aurez eu raison ; mais si je meurs fidèle à mon amour, vous concevrez quelque regret peut-être ! L'espoir de vous causer un regret adoucira mes angoisses, et sera toute la vengeance de mon cœur méconnu... »

Il faut n'avoir ignoré aucun des excellents malheurs du jeune âge, il faut avoir grimpé sur toutes les Chimères aux doubles ailes blanches qui offrent leur croupe féminine à de brûlantes imaginations, pour comprendre le supplice auquel Gaston de Nueil fut en proie quand il supposa son premier ultimatum entre les mains de madame de Beauséant. Il voyait la vicomtesse froide, rieuse et plaisantant de l'amour comme les êtres qui n'y croient plus. Il aurait voulu reprendre sa lettre, il la trouvait absurde, il lui venait dans l'esprit mille et une idées infiniment meilleures, ou qui eussent été plus touchantes que ses froides phrases, ses maudites phrases alambiquées, sophistiques, prétentieuses, mais heureusement assez mal ponctuées et fort bien écrites de travers. Il essayait de ne pas penser, de ne pas sentir ; mais il pensait, il sentait et souffrait. S'il avait eu trente ans, il se serait enivré ; mais ce jeune homme encore naïf ne connaissait ni les ressources de l'opium, ni les expédients de l'extrême civilisation. Il n'avait pas là, près de lui, un de ces bons amis de Paris, qui savent si bien vous dire : – Poete, non dolet ! en vous tendant une bouteille de vin de Champagne, ou vous entraînent à une orgie pour vous adoucir les douleurs de l'incertitude. Excellents amis, toujours ruinés lorsque vous êtes riche, toujours aux Eaux quand vous les cherchez, ayant toujours perdu leur dernier louis au jeu quand vous leur en demandez un, mais ayant toujours un mauvais cheval à vous vendre ; au demeurant, les meilleurs enfants de la terre, et toujours prêts à s'embarquer avec vous pour descendre une de ces pentes rapides sur lesquelles se dépensent le temps, l'âme et la vie !

Enfin monsieur de Nueil reçut des mains de Jacques une lettre ayant un cachet de cire parfumée aux armes de Bourgogne, écrite sur un petit papier vélin, et qui sentait la jolie femme.

Il courut aussitôt s'enfermer pour lire et relire sa lettre.

« Vous me punissez bien sévèrement, monsieur, et de la bonne grâce que j'ai mise à vous sauver la rudesse d'un refus, et de la séduction que l'esprit exerce toujours sur moi. J'ai eu confiance en la noblesse du jeune âge, et vous m'avez trompée. Cependant je vous ai parlé sinon à cœur ouvert, ce qui eût été parfaitement ridicule, du moins avec franchise, et vous ai dit ma situation, afin de faire concevoir ma froideur à une âme jeune. Plus vous m'avez intéressée, plus vive a été la peine que vous m'avez causée. Je suis naturellement tendre et bonne ; mais les circonstances me rendent mauvaise. Une autre femme eût brûlé votre lettre sans lire ; moi je l'ai lue, et j'y réponds. Mes raisonnements vous prouveront que, si je ne suis pas insensible à l'expression d'un sentiment que j'ai fait naître, même involontairement, je suis loin de le partager, et ma conduite vous démontrera bien mieux encore la sincérité de mon âme. Puis, j'ai voulu, pour votre bien, employer l'espèce d'autorité que vous me donnez sur votre vie, et désire l'exercer une seule fois pour faire tomber le voile qui vous couvre les yeux.

« J'ai bientôt trente ans, monsieur, et vous en avez vingt-deux à peine. Vous ignorez vous-même ce que seront vos pensées quand vous arriverez à mon âge. Les serments que vous jurez si facilement aujourd'hui pourront alors vous paraître bien lourds. Aujourd'hui, je veux bien le croire, vous me donneriez sans regret votre vie entière, vous sauriez mourir même pour un plaisir éphémère ; mais à trente ans, l'expérience vous ôterait la force de me faire chaque jour des sacrifices, et moi, je serais profondément humiliée de les accepter. Un jour, tout vous commandera, la nature elle-même vous ordonnera de me quitter ; je vous l'ai dit, je préfère la mort à l'abandon. Vous le voyez, le malheur m'a appris à calculer. Je raisonne, je n'ai point de passion. Vous me forcez à vous dire que je ne vous aime point, que je ne dois, ne peux, ni ne veux vous aimer. J'ai passé le moment de la vie où les femmes cèdent à des mouvements de cœur irréfléchis, et ne saurais plus être la maîtresse que vous quêtez. Mes consolations, monsieur, viennent de Dieu, non des hommes. D'ailleurs je lis trop clairement dans les cœurs à la triste lumière de l'amour trompé, pour accepter l'amitié que vous demandez, que vous offrez. Vous êtes la dupe de votre cœur, et vous espérez bien plus en ma faiblesse qu'en votre force. Tout cela est un effet d'instinct. Je vous pardonne cette ruse d'enfant, vous n'en êtes pas encore complice. Je vous ordonne, au nom de cet amour passager, au nom de votre vie, au nom de ma tranquillité, de rester dans votre pays, de ne pas y manquer une vie honorable et belle pour une illusion qui s'éteindra nécessairement. Plus tard, lorsque vous aurez, en accomplissant votre véritable destinée, développé tous les sentiments qui attendent l'homme, vous apprécierez ma réponse, que vous accusez peut-être en ce moment de sécheresse. Vous retrouverez alors avec plaisir une vieille femme dont l'amitié vous sera certainement douce et précieuse : elle n'aura été soumise ni aux vicissitudes de la passion, ni aux désenchantements de la vie ; enfin de nobles idées, des idées religieuses la conserveront pure et sainte. Adieu, monsieur, obéissez-moi en pensant que vos succès jetteront quelque plaisir dans ma solitude, et ne songez à moi que comme on songe aux absents. »

Après avoir lu cette lettre, Gaston de Nueil écrivit ces mots :

« Madame, si je cessais de vous aimer en acceptant les chances que vous m'offrez d'être un homme ordinaire, je mériterais bien mon sort, avouez-le ? Non, je ne vous obéirai pas, et je vous jure une fidélité qui ne se déliera que par la mort. Oh ! prenez ma vie, à moins cependant que vous ne craigniez de mettre un remords dans la vôtre… »

Quand le domestique de monsieur de Nueil revint de Courcelles, son maître lui dit : – À qui as-tu remis mon billet ?

– À madame la vicomtesse elle-même ; elle était en voiture, et partait…

– Pour venir en ville ?

– Monsieur, je ne le pense pas. La berline de madame la vicomtesse était attelée avec des chevaux de poste.

– Ah ! elle s'en va, dit le baron.

– Oui, monsieur, répondit le valet de chambre.

Aussitôt Gaston fit ses préparatifs pour suivre madame de Beauséant. La vicomtesse le mena jusqu'à Genève sans se savoir accompagnée par lui. Entre les mille réflexions qui l'assaillirent pendant ce voyage, celle-ci : – Pourquoi s'est-elle en allée ? l'occupa plus spécialement. Ce mot fut le texte d'une multitude de suppositions, parmi lesquelles il choisit naturellement la plus flatteuse, et que voici : – Si la vicomtesse veut m'aimer, il n'y a pas de doute qu'en femme d'esprit, elle préfère la Suisse où personne ne nous connaît, à la France où elle rencontrerait des censeurs.

Certains hommes passionnés n'aimeraient pas une femme assez habile pour choisir son terrain, c'est des raffinés. D'ailleurs rien ne prouve que la supposition de Gaston fût vraie.

La vicomtesse prit une petite maison sur le lac. Quand elle y fut installée, Gaston s'y présenta par une belle soirée, à la nuit tombante. Jacques, valet de chambre essentiellement aristocratique, ne s'étonna point de voir monsieur de Nueil, et l'annonça en valet habitué à tout comprendre. En entendant ce nom, en voyant le jeune homme, madame de Beauséant laissa tomber le livre qu'elle tenait ; sa surprise donna le temps à Gaston d'arriver à elle, et de lui dire d'une voix qui lui parut délicieuse : – Avec quel plaisir je prenais les chevaux qui vous avaient menée ?

Être si bien obéie dans ses vœux secrets ! Où est la femme qui n'eût pas cédé à un tel bonheur ? Une Italienne, une de ces divines créatures dont l'âme est à l'antipode de celle des Parisiennes, et que de ce côté des Alpes l'on trouverait profondément immorale, disait en lisant les romans français : « Je ne vois pas pourquoi ces pauvres amoureux passent autant de temps à arranger ce qui doit être l'affaire d'une matinée. » Pourquoi le narrateur ne pourrait-il pas, à l'exemple de cette bonne Italienne, ne pas trop faire languir ses auditeurs ni son sujet ? Il y aurait bien quelques scènes de coquetterie charmantes à dessiner, doux retards que madame de Beauséant voulait apporter au bonheur de Gaston pour tomber avec grâce comme les vierges de l'antiquité ; peut-être aussi pour jouir des voluptés chastes d'un premier amour, et le faire arriver à sa plus haute expression de force et de puissance. Monsieur de Nueil était encore dans l'âge où un homme est la dupe de ces caprices, de ces jeux qui affriandent tant les femmes, et qu'elles prolongent, soit pour bien stipuler leurs conditions, soit pour jouir plus longtemps de leur pouvoir dont la prochaine diminution est instinctivement devinée par elles. Mais ces petits protocoles de boudoir, moins nombreux que ceux de la conférence de Londres, tiennent trop peu de place dans l'histoire d'une passion vraie pour être mentionnés.

Madame de Beauséant et monsieur de Nueil demeurèrent pendant trois années dans la villa située sur le lac de Genève que la vicomtesse avait louée. Ils y restèrent seuls, sans voir personne, sans faire parler d'eux, se promenant en bateau, se levant tard, enfin heureux comme nous rêvons tous de l'être. Cette petite maison était simple, à persiennes vertes, entourée de larges balcons ornés de tentes, une véritable maison d'amants, maison à canapés blancs, à tapis muets, à tentures fraîches, où tout reluisait de joie. À chaque fenêtre le lac apparaissait sous des aspects différents ; dans le lointain, les montagnes et leurs fantaisies nuageuses, colorées, fugitives ; au-dessus d'eux, un beau ciel ; puis, devant eux, une longue nappe d'eau capricieuse, changeante ! Les choses semblaient rêver pour eux, et tout leur souriait.

Des intérêts graves rappelèrent monsieur de Nueil en France : son frère et son père étaient morts ; il fallut quitter Genève. Les deux amants achetèrent cette maison, ils auraient voulu briser les montagnes et faire enfuir l'eau du lac en ouvrant une soupape, afin de tout emporter avec eux. Madame de Beauséant suivit monsieur de Nueil. Elle réalisa sa fortune, acheta, près de Manerville, une propriété considérable qui joignait les terres de Gaston, et où ils demeurèrent ensemble. Monsieur de Nueil abandonna très-gracieusement à sa mère l'usufruit des domaines de Manerville, en retour de la liberté qu'elle lui laissa de vivre garçon. La terre de madame de Beauséant était située près d'une petite ville, dans une des plus jolies positions de la vallée d'Auge. Là, les deux amants mirent entre eux et le monde des barrières que ni les idées sociales, ni les personnes ne pouvaient franchir, et retrouvèrent leurs bonnes journées de la Suisse. Pendant neuf années entières, ils goûtèrent un bonheur qu'il est inutile de décrire ; le dénouement de cette aventure en fera sans doute deviner les délices à ceux dont l'âme peut comprendre, dans l'infini de leurs modes, la poésie et la prière.

Cependant, le marquis de Beauséant (son père et son frère aîné étaient morts), le mari de madame de Beauséant, jouissait d'une parfaite santé. Rien ne nous aide mieux à vivre que la certitude de faire le bonheur d'autrui par notre mort. Monsieur de Beauséant était un de ces gens ironiques et entêtés qui, semblables à des rentiers viagers, trouvent un plaisir de plus que n'en ont les autres à se lever bien portants chaque matin. Galant homme du reste, un peu méthodique, cérémonieux, et calculateur capable de déclarer son amour à une femme aussi tranquillement qu'un laquais dit : – Madame est servie.

Cette petite notice biographique sur le marquis de Beauséant a pour objet de faire comprendre l'impossibilité dans laquelle était la marquise d'épouser monsieur de Nueil.

Or, après ces neuf années de bonheur, le plus doux bail qu'une femme ait jamais pu signer, monsieur de Nueil et madame de Beauséant se trouvèrent dans une situation tout aussi naturelle et tout aussi fausse que celle où ils étaient restés depuis le commencement de cette aventure ; crise fatale néanmoins, de laquelle il est impossible de donner une idée, mais dont les termes peuvent être posés avec une exactitude mathématique.

Madame la comtesse de Nueil, mère de Gaston, n'avait jamais voulu voir madame de Beauséant. C'était une personne roide et vertueuse, qui avait très-légalement accompli le bonheur de monsieur de Nueil le père. Madame de Beauséant comprit que cette honorable douairière devait être son ennemie, et tenterait d'arracher Gaston à sa vie immorale et anti-religieuse. La marquise aurait bien voulu vendre sa terre, et retourner à Genève. Mais c'eût été se défier de monsieur de Nueil, elle en était incapable. D'ailleurs, il avait précisément pris beaucoup de goût pour la terre de Valleroy, où il faisait force plantations, force mouvements de terrains. N'était-ce pas l'arracher à une espèce de bonheur mécanique que les femmes souhaitent toujours à leurs maris et même à leurs amants ? Il était arrivé dans le pays une demoiselle de La Rodière, âgée de vingt-deux ans, et riche de quarante mille livres de rentes. Gaston rencontrait cette héritière à Manerville toutes les fois que son devoir l'y conduisait. Ces personnages étant ainsi placés comme les chiffres d'une proportion arithmétique, la lettre suivante, écrite et remise un matin à Gaston, expliquera maintenant l'affreux problème que, depuis un mois, madame de Beauséant tâchait de résoudre.

« Mon ange aimé, t'écrire quand nous vivons cœur à cœur, quand rien ne nous sépare, quand nos caresses nous servent si souvent de langage, et que les paroles sont aussi des caresses, n'est-ce pas un contre-sens ? Eh ! bien, non, mon amour. Il est de certaines choses qu'une femme ne peut dire en présence de son amant ; la seule pensée de ces choses lui ôte la voix, lui fait refluer tout son sang vers le cœur ; elle est sans force et sans esprit. Etre ainsi près de toi me fait souffrir ; et souvent j'y suis ainsi. Je sens que mon cœur doit être tout vérité pour toi, ne te déguiser aucune de ses pensées, même les plus fugitives ; et j'aime trop ce doux laissez-aller qui me sied si bien, pour rester plus long-temps gênée, contrainte. Aussi vais-je te confier mon angoisse : oui, c'est une angoisse. Ecoute-moi ? Ne fais pas ce petit : ta ta ta… par lequel tu me fais taire avec une impertinence que j'aime, parce que de toi tout me plaît. Cher époux du ciel, laisse-moi te dire que tu as effacé tout souvenir des douleurs sous le poids desquelles jadis ma vie allait succomber. Je n'ai connu l'amour que par toi. Il a fallu la candeur de ta belle jeunesse, la pureté de ta grande âme pour satisfaire aux exigences d'un cœur de femme exigeante. Ami, j'ai bien souvent palpité de joie en pensant que, durant ces neuf années, si rapides et si longues, ma jalousie n'a jamais été réveillée. J'ai eu toutes les fleurs de ton âme, toutes tes pensées. Il n'y a pas eu le plus léger nuage dans notre ciel, nous n'avons pas su ce qu'était un sacrifice, nous avons toujours obéi aux inspirations de nos cœurs. J'ai joui d'un bonheur sans bornes pour une femme. Les larmes qui mouillent cette page te diront-elles bien toute ma reconnaissance ? j'aurais voulu l'avoir écrite à genoux. Eh ! bien, cette félicité m'a fait connaître un supplice plus affreux que ne l'était celui de l'abandon. Cher, le cœur d'une femme a des replis bien profonds : j'ai ignoré moi-même jusqu'aujourd'hui l'étendue du mien, comme j'ignorais l'étendue de l'amour. Les misères les plus grandes qui puissent nous accabler sont encore légères à porter en comparaison de la seule idée du malheur de celui que nous aimons. Et si nous le causions, ce malheur, n'est-ce pas à en mourir ? … Telle est la pensée qui m'oppresse. Mais elle en traîne après elle une autre beaucoup plus pesante ; celle-là dégrade la gloire de l'amour, elle le tue, elle en fait une humiliation qui ternit à jamais la vie. Tu as trente ans et j'en ai quarante. Combien de terreurs cette différence d'âge n'inspire-t-elle pas à une femme aimante ? Tu peux avoir d'abord involontairement, puis sérieusement senti les sacrifices que tu m'as faits, en renonçant à tout au monde pour moi. Tu as pensé peut-être à ta destinée sociale, à ce mariage qui doit augmenter nécessairement ta fortune, te permettre d'avouer ton bonheur, tes enfants, de transmettre tes biens, de reparaître dans le monde et d'y occuper ta place avec honneur. Mais tu auras réprimé ces pensées, heureux de me sacrifier, sans que je le sache, une héritière, une fortune et un bel avenir. Dans ta générosité de jeune homme, tu auras voulu rester fidèle aux serments qui ne nous lient qu'à la face de Dieu. Mes douleurs passées te seront apparues, et j'aurai été protégée par le malheur d'où tu m'as tirée. Devoir ton amour à ta pitié ! cette pensée m'est plus horrible encore que la crainte de te faire manquer ta vie. Ceux qui savent poignarder leurs maîtresses sont bien charitables quand ils les tuent heureuses, innocentes, et dans la gloire de leurs illusions... Oui, la mort est préférable aux deux pensées qui, depuis quelques jours, attristent secrètement mes heures. Hier, quand tu m'as demandé si doucement : Qu'as-tu ? ta voix m'a fait frissonner. J'ai cru que, selon ton habitude, tu lisais dans mon âme, et j'attendais tes confidences, imaginant avoir eu de justes pressentiments en devinant les calculs de ta raison. Je me suis alors souvenue de quelques attentions qui te sont habituelles, mais où j'ai cru apercevoir cette sorte d'affectation par laquelle les hommes trahissent une loyauté pénible à porter. En ce moment, j'ai payé bien cher mon bonheur, j'ai senti que la nature nous vend toujours les trésors de l'amour. En effet, le sort ne nous a-t-il pas séparés ? Tu te seras dit : – Tôt ou tard, je dois quitter la pauvre Claire, pourquoi ne pas m'en séparer à temps ? Cette phrase était écrite au fond de ton regard. Je t'ai quitté pur aller pleurer loin de toi.. Te dérober des larmes ! voilà les premières que le chagrin m'ait fait verser depuis dix ans, et je suis trop fière pour te les montrer ; mais je ne t'ai point accusé. Oui, tu as raison ? je ne dois point avoir l'égoïsme d'assujettir ta vie brillante et longue à la mienne bientôt usée... Mais si je me trompais ?... si j'avais pris une de tes mélancolies d'amour pour une pensée de raison ?... ah ! mon ange, ne me laisse pas dans l'incertitude, punis ta jalouse femme ; mais rends-lui la conscience de son amour et du tien : toute la femme est dans ce sentiment, qui sanctifie tout. Depuis l'arrivée de ta mère, et depuis que tu as vu chez elle mademoiselle de La Rodière, je suis en proie à des doutes qui nous déshonorent. Fais-moi souffrir, mais ne me trompe pas : je veux tout savoir, et ce que ta mère te dit et ce que tu penses ! Si tu as hésité entre quelque chose et moi, je te rends ta liberté… Je te cacherai ma destinée, je saurai ne pas pleurer devant toi ; seulement, je ne veux plus te revoir… Oh ! je m'arrête, mon cœur se brise. »

. . . .
. . . .
. . . . . .

« Je suis restée morne et stupide pendant quelques instants. Ami, je ne me trouve point de fierté contre toi, tu es si bon, si franc ! tu ne saurais ni me blesser, ni me tromper ; mais tu me diras la vérité, quelque cruelle qu'elle puisse être. Veux-tu que j'encourage tes aveux ? Eh ! bien, cœur à moi, je serai consolée par une pensée de femme. N'aurais-je pas possédé de toi l'être jeune et pudique, toute grâce, toute beauté, toute délicatesse, un Gaston que nulle femme ne peut plus connaître et de qui j'ai délicieusement joui… Non, tu n'aimeras plus comme tu m'as aimée, comme tu m'aimes ; non, je ne saurais avoir de rivale. Mes souvenirs seront sans amertume en pensant à notre amour, qui fait toute ma pensée. N'est-il pas hors de ton pouvoir d'enchanter désormais une femme par les agaceries enfantines, par les jeunes gentillesses d'un cœur jeune, par ces coquetteries d'âme, ces grâces du corps et ces rapides ententes de volupté, enfin par l'adorable cortége qui suit l'amour adolescent ? Ah, tu es homme ! maintenant, tu obéiras à ta destinée en calculant tout. Tu auras des soins, des inquiétudes, des ambitions, des soucis qui la priveront de ce sourire constant et inaltérable par lequel tes lèvres étaient toujours embellies pour moi. Ta voix, pour moi toujours si douce, sera parfois chagrine. Tes yeux, sans cesse illuminés d'un éclat céleste en me voyant, se terniront souvent pour elle. Puis, comme il est impossible de t'aimer comme je t'aime, cette femme ne te plaira jamais autant que je t'ai plu. Elle n'aura pas ce soin perpétuel que j'ai eu de moi-même et cette étude continuelle de ton bonheur dont jamais l'intelligence ne m'a manqué. Oui, l'homme, le cœur, l'âme que j'aurai connus n'existeront plus ; je les ensevelirai dans mon souvenir pour en jouir encore, et vivre heureuse de cette belle vie passée, mais inconnue à tout ce qui n'est pas nous.

« Mon cher trésor, si cependant tu n'as pas conçu la plus légère idée de liberté, si mon amour ne te pèse pas, si mes craintes sont chimériques, si je suis toujours pour toi ton Ève, la seule femme qu'il y ait dans le monde, cette lettre lue, viens ! accours ! Ah, je t'aimerai dans un instant plus que je ne t'ai aimé, je crois, pendant ces neuf années. Après avoir subi le supplice inutile de ces soupçons dont je m'accuse, chaque jour ajouté à notre amour, oui, un seul jour, sera toute une vie de bonheur. Ainsi, parle ! sois franc : ne me trompe pas, ce serait un crime. Dis ? veux-tu ta liberté ? As-tu réfléchi à ta vie d'homme ? As-tu un regret ? Moi, te causer un regret ! j'en mourrais. Je te l'ai dit : j'ai assez d'amour pour préférer ton bonheur au mien, ta vie à la mienne. Quitte, si tu le peux, la riche mémoire de nos neuf années de bonheur pour n'en être pas influencé dans ta décision ; mais parle ! Je te suis soumise, comme à Dieu, à ce seul consolateur qui me reste si tu m'abandonnes. »

Quand madame de Beauséant sut la lettre entre les mains de monsieur de Nueil, elle tomba dans un abattement si profond, et dans une méditation si engourdissante, par la trop grande abondance de ses pensées, qu'elle resta comme endormie. Certes, elle souffrit de ces douleurs dont l'intensité n'a pas toujours été proportionnée aux forces de la femme, et que les femmes seules connaissent. Pendant que la malheureuse marquise attendait son sort, monsieur de Nueil était, en lisant sa lettre, fort embarrassé, selon l'expression employée par les jeunes gens dans ces sortes de crises. Il avait alors presque cédé aux instigations de sa mère et aux attraits de mademoiselle de La Rodière, jeune personne assez insignifiante, droite comme un peuplier, blanche et rose, muette à demi, suivant le programme prescrit à toutes les jeunes filles à marier ; mais ses quarante mille livres de rente en fonds de terre parlaient suffisamment pour elle. Madame de Nueil, aidée par sa sincère affection de mère, cherchait à embaucher son fils pour la Vertu. Elle lui faisait observer ce qu'il y avait pour lui de flatteur à être préféré par mademoiselle de La Rodière, lorsque tant de riches partis lui étaient proposés : il était bien temps de songer à son sort, une si belle occasion ne se retrouverait plus ; il aurait un jour quatre-vingt mille livres de rente en biens-fonds ; la fortune consolait de tout ; si madame de Beauséant l'aimait pour lui, elle devait être la première à l'engager à se marier. Enfin cette bonne mère n'oubliait aucun des moyens d'action par lesquels une femme peut influer sur la raison d'un homme. Aussi avait-elle amené son fils à chanceler. La lettre de madame de Beauséant arriva dans un moment où l'amour de Gaston luttait contre toutes les séductions d'une vie arrangée convenablement et conforme aux idées du monde ; mais cette lettre décida le combat. Il résolut de quitter la marquise et de se marier.

– Il faut être homme dans la vie ! se dit-il.

Puis il soupçonna les douleurs que sa résolution causerait à sa maîtresse. Sa vanité d'homme autant que sa conscience d'amant les lui grandissant encore, il fut pris d'une sincère pitié. Il ressentit tout d'un coup cet immense malheur, et crut nécessaire, charitable d'amortir cette mortelle blessure. Il espéra pouvoir amener madame de Beauséant à un état calme, et se faire ordonner par elle ce cruel mariage, en l'accoutumant par degrés à l'idée d'une séparation nécessaire, en laissant toujours entre eux mademoiselle de La Rodière comme un fantôme, et en la lui sacrifiant d'abord pour se la faire imposer plus tard. Il allait, pour réussir dans cette compatissante entreprise, jusqu'à compter sur la noblesse, la fierté de la marquise, et sur les belles qualités de son âme. Il lui répondit alors afin d'endormir ses soupçons.

Répondre ! Pour une femme qui joignait à l'intuition de l'amour vrai les perceptions les plus délicates de l'esprit féminin, la lettre était un arrêt. Aussi, quand Jacques entra, qu'il s'avança vers madame de Beauséant pour lui remettre un papier plié triangulairement, la pauvre femme tressaillit-elle comme une hirondelle prise. Un froid inconnu tomba de sa tête à ses pieds, en l'enveloppant d'un linceul de glace. S'il n'accourait pas à ses genoux, s'il n'y venait pas pleurant, pâle, amoureux, tout était dit. Cependant il y a tant d'espérances dans le cœur des femmes qui aiment ! il faut bien des coups de poignard pour les tuer, elles aiment et saignent jusqu'au dernier.

— Madame a-t-elle besoin de quelque chose, demanda Jacques d'une voix douce en se retirant.

— Non, dit-elle.

— Pauvre homme ! pensa-t-elle en essuyant une larme, il me devine, lui, un valet !

Elle lut : Ma bien-aimée, tu te crées des chimères.. En apercevant ces mots, un voile épais se répandit sur les yeux de la marquise. La voix secrète de son cœur lui criait : — Il ment. Puis, sa vue embrassant toute la première page avec cette espèce d'avidité lucide que communique la passion, elle avait lu en bas ces mots : Rien n'est arrêté… Tournant la page avec une vivacité convulsive, elle vit distinctement l'esprit qui avait dicté les phrases entortillées de cette lettre où elle ne retrouva plus les jets impétueux de l'amour ; elle la froissa, la déchira, la roula, la mordit, la jeta dans le feu, et s'écria : — Oh ! l'infâme ! il m'a possédée ne m'aimant plus !…

Puis, demi-morte, elle alla se jeter sur son canapé.

Monsieur de Nueil sortit après avoir écrit sa lettre. Quand il revint, il trouva Jacques sur le seuil de la porte, et Jacques lui remit une lettre en lui disant : — Madame la marquise n'est plus au château.

Monsieur de Nueil étonné brisa l'enveloppe et lut : « Madame, si je cessais de vous aimer en acceptant les chances que vous m'offrez d'être un homme ordinaire, je mériterais bien mon sort, avouez-le ? Non, je ne vous obéirai pas et je vous jure une fidélité qui ne se déliera que par le mort. Oh ! prenez ma vie, à moins cependant que vous ne craigniez de mettre un remords dans la vôtre... » C'était le billet qu'il avait écrit à la marquise au moment où elle partait pour Genève. Au-dessous, Claire de Bourgogne avait ajouté : Monsieur, vous êtes libre.

Monsieur de Nueil retourna chez sa mère, à Manerville. Vingt jours après, il épousa mademoiselle Stéphanie de La Rodière.

Si cette histoire d'une vérité vulgaire se terminait là, ce serait presque une mystification. Presque tous les hommes n'en ont-ils pas une plus intéressante à se raconter ? Mais la célébrité du dénouement, malheureusement vrai ; mais tout ce qu'il pourra faire naître de souvenirs au cœur de ceux qui ont connu les célestes délices d'une passion infinie, et l'ont brisée eux-mêmes ou perdue par quelque fatalité cruelle, mettront peut-être ce récit à l'abri des critiques.

Madame la marquise de Beauséant n'avait point quitté son château de Valleroy lors de sa séparation avec monsieur de Nueil. Par une multitude de raisons qu'il faut laisser ensevelies dans le cœur des femmes, et d'ailleurs chacune d'elles devinera celles qui lui seront propres, Claire continua d'y demeurer après le mariage de monsieur de Nueil. Elle vécut dans une retraite si profonde que ses gens, sa femme de chambre et Jacques exceptés, ne la virent point. Elle exigeait un silence absolu chez elle, et ne sortait de son appartement que pour aller à la chapelle de Valleroy, où un prêtre du voisinage venait lui dire la messe tous les matins.

Quelques jours après son mariage, le comte de Nueil tomba dans une espèce d'apathie conjugale, qui pouvait faire supposer le bonheur tout aussi bien que le malheur.

Sa mère disait à tout le monde : – Mon fils est parfaitement heureux.

Madame Gaston de Nueil, semblable à beaucoup de jeunes femmes, était un peu terne, douce, patiente ; elle devint enceinte après un mois de mariage. Tout cela se trouvait conforme aux idées reçues. Monsieur de Nueil était très-bien pour elle, seulement il fut, deux mois après avoir quitté la marquise, extrêmement rêveur et pensif. – Mais il avait toujours été sérieux, disait sa mère.

Après sept mois de ce bonheur tiède, il arriva quelques événements légers en apparence, mais qui comportent de trop larges développements de pensées, et accusent de trop grands troubles d'âme, pour n'être pas rapportés simplement, et abandonnés au caprice des interprétations de chaque esprit.

Un jour, pendant lequel monsieur de Nueil avait chassé sur les terres de Manerville et de Valleroy, il revint par le parc de madame de Beauséant, fit demander Jacques, l'attendit ; et, quand le valet de chambre fut venu : – La marquise aime-t-elle toujours le gibier ? lui demanda-t-il. Sur la réponse affirmative de Jacques, Gaston lui offrit une somme assez forte, accompagnée de raisonnements très-spécieux, afin d'obtenir de lui le léger service de réserver pour la marquise le produit de sa chasse. Il parut fort peu important à Jacques que sa maîtresse mangeât une perdrix tuée par son garde ou par monsieur de Nueil, puisque celui-ci désirait que la marquise ne sût pas l'origine du gibier. – Il a été tué sur ses terres, dit le comte. Jacques se prêta pendant plusieurs jours à cette innocente tromperie. Monsieur de Nueil partait dès le matin pour la chasse, et ne revenait chez lui que pour dîner, n'ayant jamais rien tué.

Une semaine entière se passa ainsi. Gaston s'enhardit assez pour écrire une longue lettre à la marquise et la lui fit parvenir. Cette lettre lui fut renvoyée sans avoir été ouverte. Il était presque nuit quand le valet de chambre de la marquise la lui rapporta. Soudain le comte s'élança hors du salon où il paraissait écouter un caprice d'Hérold écorché sur le piano par sa femme, et courut chez la marquise avec la rapidité d'un homme qui vole à un rendez-vous. Il sauta dans le parc par une brèche qui lui était connue, marcha lentement à travers les allées en s'arrêtant par moments comme pour essayer de réprimer les sonores palpitations de son cœur ; puis, arrivé près du château, il en écouta les bruits sourds, et présuma que tous les gens étaient à table. Il alla jusqu'à l'appartement de madame de Beauséant. La marquise ne quittait jamais sa chambre à coucher, monsieur de Nueil put en atteindre la porte sans avoir fait le moindre bruit. Là, il vit à la lueur de deux bougies la marquise maigre et pâle, assise dans un grand fauteuil, le front incliné, les mains pendantes, les yeux arrêtés sur un objet qu'elle paraissait ne point voir. C'était la douleur dans son expression la plus complète. Il y avait dans cette attitude une vague espérance, mais l'on ne savait si Claire de Bourgogne regardait à la tombe ou dans le passé. Peut-être les larmes de monsieur de Nueil brillèrent-elles dans les ténèbres, peut-être sa respiration eut-elle un léger retentissement, peut-être lui échappa-t-il un tressaillement involontaire, ou peut-être sa présence était-elle impossible sans le phénomène d'intussusception dont l'habitude est à la fois la gloire, le bonheur et la preuve du véritable amour. Madame de Beauséant tourna lentement son visage vers la porte et vit son ancien amant. Le comte fit alors quelques pas.

– Si vous avancez, monsieur, s'écria la marquise en pâlissant, je me jette par cette fenêtre.

Elle sauta sur l'espagnolette, l'ouvrit, et se tint un pied sur l'appui extérieur de la croisée, la main au balcon et la tête tournée vers Gaston.

– Sortez ! sortez ! cria-t-elle, ou je me précipite.

À ce cri terrible, monsieur de Nueil, entendant les gens en émoi, se sauva comme un malfaiteur.

Revenu chez lui, le comte écrivit une lettre très courte, et chargea son valet de chambre de la porter à madame de Beauséant, en lui recommandant de faire savoir à la marquise qu'il s'agissait de vie ou de mort pour lui. Le messager parti, monsieur de Nueil rentra dans le salon et y trouva sa femme qui continuait à déchiffrer le caprice. Il s'assit en attendant la réponse. Une heure après, le caprice fini, les deux époux étaient l'un devant l'autre, silencieux, chacun d'un côté de la cheminée, lorsque le valet de chambre revint de Valleroy, et remit à son maître la lettre qui n'avait pas été ouverte. Monsieur de Nueil passa dans un boudoir attenant au salon, où il avait mis son fusil en revenant de la chasse, et se tua.

Ce prompt et fatal dénouement si contraire à toutes les habitudes de la jeune France est naturel.

Les gens qui ont bien observé, ou délicieusement éprouvé les phénomènes auxquels l'union parfaite de deux êtres donne lieu, comprendront parfaitement ce suicide. Une femme ne se forme pas, ne se plie pas en un jour aux caprices de la passion. La volupté, comme une fleur rare, demande les soins de la culture la plus ingénieuse ; le temps, l'accord des âmes, peuvent seuls en révéler toutes les ressources, faire naître ces plaisirs tendres, délicats, pour lesquels nous sommes imbus de mille superstitions et que nous croyons inhérents à la personne dont le cœur nous les prodigue. Cette admirable entente, cette croyance religieuse, et la certitude féconde de ressentir un bonheur particulier ou excessif près de la personne aimée, sont en partie le secret des attachements durables et des longues passions. Près d'une femme qui possède le génie de son sexe, l'amour n'est jamais une habitude : son adorable tendresse sait revêtir des formes si variées ; elle est si spirituelle et si aimante tout ensemble ; elle met tant d'artifices dans sa nature, ou de naturel dans ses artifices, qu'elle se rend aussi puissante par le souvenir qu'elle l'est par sa présence. Auprès d'elle toutes les femmes pâlissent. Il faut avoir eu la crainte de perdre un amour si vaste, si brillant, ou l'avoir perdu pour en connaître tout le prix. Mais si l'ayant connu, un homme s'en est privé pour tomber dans quelque mariage froid ; si la femme avec laquelle il a espéré rencontrer les mêmes félicités lui prouve, par quelques-uns de ces faits ensevelis dans les ténèbres de la vie conjugale, qu'elles ne renaîtront plus pour lui ; s'il a encore sur les lèvres le goût d'un amour céleste, et qu'il ait blessé mortellement sa véritable épouse au profit d'une chimère sociale, alors il lui faut mourir ou avoir cette philosophie matérielle, égoïste, froide qui fait horreur aux âmes passionnées.

Quant à madame de Beauséant, elle ne crut sans doute pas que le désespoir de son ami allât jusqu'au suicide, après l'avoir largement abreuvé d'amour pendant neuf années. Peut-être pensait-elle avoir seule à souffrir. Elle était d'ailleurs bien en droit de se refuser au plus avilissant partage qui existe, et qu'une épouse peut subir par de hautes raisons sociales, mais qu'une maîtresse doit avoir en haine, parce que dans la pureté de son amour en réside toute la justification.